DESCRIPTION

DES

7 TABLEAUX

APPARTENANT

A Mlle et à M. l'Abbé NICOLLE

QUI SERONT VENDUS

A L'HOTEL DROUOT

SALLE N° 1, AU 1er ÉTAGE

Le 25 Janvier 1864

Par le ministère de M^e **Ch. LAINNÉ**, Commissaire-Priseur, commis à cet effet par une ordonnance de référé rendue par M. le Président du Tribunal civil de la Seine, le 12 décembre 1863.

EXPOSITION PUBLIQUE

Les Samedi 23, Dimanche 24 Janvier 1864, de 1 heure à 5 heures, et le Lundi 25, jour de la vente, jusqu'à 3 heures.

PARIS

RENOU & MAULDE

IMPRIMEURS DE LA COMPAGNIE DES COMMISSAIRES-PRISEURS
Rue de Rivoli, 144

—

1864

DÉSIGNATION

I — La Mort de Saint-Joseph

DERNIER CHEF-D'ŒUVRE DE RAPHAEL

Peinture à l'huile avec pâte rouge préparatoire sur toile , redoublée sur le châssis même de Raphaël d'après les antiquaires ; sans aucune restauration ; mesurant 47 cent. de large sur 43 de haut ; contenant trois personnages en pied et trois têtes d'anges ; chef-d'œuvre édité pour la première fois dans le *Monde illustré* du 27 septembre 1862 ; signé à la partie inférieure du manteau du Christ : Raphaël (RA entrelacés. Voir le premier monogramme dans le Dict. de Siret), au-dessous : Sanzio, et plus bas daté A. 1520.

Cette signature et cette date vérifiées après M. Charles Frowein de Bruxelles, par les sommités artistiques et civiles de huit capitales et dont l'authenticité n'a été contestée par personne, montrent que ce tableau a été fini l'année même de la mort de Raphaël, arrivée le 6 avril de l'an 1520. Aussi a-t-il été considéré en Europe comme le résumé de la vie artistique du peintre, le compendium des principales beautés qui distinguent ses œuvres capitale s.

Indication sommaire de ces rapports.

I. — COLORIS : Les cinq couleurs favorites du grand maître, bleu, jaune, rouge, violet, vert, sans compter ses blancs admirables qui ne changent jamais, couleurs, que l'on retrouve dans la Sixtine, la Transfiguration, la Madone à la chaise, etc. — Vigueur de tons et dégradation savante des nuances qui n'ont jamais été surpassées dans aucune de ses autres œuvres.

II. — DESSIN. Saint Joseph : science immense du raccourci et proportions inouies dans l'art. Jambe droite et pieds du saint avec les trois plus beaux raccourcis de la Transfiguration. Lit et corps de saint Joseph avec le lit et le corps d'Isaac, vingtième scène des *Loges* au Vatican.

CHRIST : Profil et position du Christ avec ceux du Christ de la Pêche miraculeuse dans les Cartons de Hamptoncourt ; lignes si simples et si gracieuses du genou avec celles du genou gauche de la Vierge dans la grande Sainte Famille du Louvre.

VIERGE : Type et position de tête inclinée en sens invers, de la Madone à la chaise, même ligne courbe qui relie les trois têtes de ce ces deux compositions. Type de figure de la Sixtine, même dessin de la main gauche. Identité de l'idée fondamentale de ces deux tableaux.

ANGES : Ange supérieur correspondant à l'ange de droite au bas du tableau de la Sixtine.

III. — Expression admirable des têtes que rien n'a égalées pour la grâce, l'idéal et le surnaturel.

IV. — Enfin, vrai relief qui présente les personnages et les objets comme s'ils étaient dans leur état naturel, et fait de cette peinture la merveille de l'art.

(Pour plus ample description, voir : l'*Union* du 2 septembre 1862, le *Journal de Bruxelles*, l'*Allgemeine Preussiche Zeitung*, l'*Osservatore Romano*, 18 et 19 Novembre 1862, etc.)

Autres documents relatifs à son authenticité.

1° Ce tableau a été d'abord exposé publiquement et gratuitement pendant quatre mois à Paris, sous ce titre affiché sur tous les murs de la capitale:

Le chef-d'œuvre de Raphaël et de la peinture, original inconnu (inédit) représentant la Mort de saint Joseph; puis gravé dans le *Monde illustré* du 27 septembre, sous ce titre non contesté: *la Mort de saint Joseph, tableau de Raphaël appartenant à l'abbé Nicolle.*

2° Lettre de l'artiste expert Charles Frowein, insérée dans la *Patrie* du 6 novembre 1862 :

« Monsieur le Rédacteur,

« Sur une observation que je fis dimanche dernier à M. l'abbé Nicolle, propriétaire du tableau de la *Mort de saint Joseph*, par Raphaël, que je croyais apercevoir au bas du manteau du Christ les traces d'une signature, M. l'abbé Nicolle a découvert en effet que dans la partie éclairée du manteau bleu, à gauche du spectateur, se trouvent les lettres suivantes : RA, et dans la partie plus obscure immédiatement inférieure du même manteau, ces lettres : Sanzio. Après avoir constaté que ce monogramme et ce dernier mot se lisent très-clairement, j'ai fait observer à ce monsieur qu'au dessous il y avait un chiffre, et en examinant attentivement j'ai trouvé la lettre A et à la suite 1520 ou A 1520 (anno 1520, l'année même de la mort de Raphaël). Dans tout cet endroit le vernis paraît mangé par une matière corrosive dont il est resté quelques traces dans les rugosités de la toile ; la matière qui formait les lettres et les chiffres a presque entièrement disparu, mais l'empreinte de chaque lettre et de chaque chiffre est restée, ce qui permet de les déchiffrer facilement. Un grand nombre de photographies signées : Laverdet, Paris, que M. l'abbé Nicolle m'a montrées, portent également cette signature et ce chiffre. Je me crois obligé dans l'intérêt de l'art si intéressé dans cette précieuse découverte, à rendre cette déclaration publique, et j'autorise M. l'abbé Nicolle à en faire tel usage que bon lui semblera.

« Bruxelles, 29 Octobre 1862

« Charles Frowein,

« Rue Nevraumont, 2, faubourg de Cologne. »

3° Reçu de l'administration de la ville de Bruxelles :

« Reçu de M. l'abbé Nicolle pour les pauvres, la somme de deux cents trois francs, produit de l'exposition du tableau de

Raphaël au cercle artistique et littéraire. Reçu en outre la somme de vingt francs, don particulier de M. l'abbé Nicolle.

Léon MONN »
Bruxelles, ce 30 Octobre 1862

4° Lettre de l'académie royale des arts de Berlin donnée à M. l'abbé Nicolle, après vérification faite par le président M. Daege, à son domicile, de l'identité du tableau exposé à Paris et à Bruxelles, photographié et gravé dans le *Monde illustré* du 27 septembre, et de la signature de Raphaël II. RA Sanzio, A 1520 qu'il porte :

« L'académie royale des arts fait savoir à M. l'abbé Ni-
« colle en réponse à son honorée lettre du 6 novembre
« qu'elle n'est pas dans la position de lui donner une salle
« d'exposition pour son tableau, vu que toutes les salles de
« l'académie royale sont affectées à une autre destination
« jusqu'à la mi-février.

« *L'académie royale regrette d'autant plus de ne pouvoir ac-*
« *céder à sa demande, que l'exposition a pour fin une œuvre*
« *d'un maître aussi grand que l'est Raphaël.*

« *Die konigl. Akademie bedauert um so mehr, ihr Gesuch*
« *nicht gewähren zu können, als es die Austellung eines Werkes*
« *eines so grossen Meisters wie Raphaël zum Zwecke hat.*

Berlin, ce 8 Novembre 1862

L'Académie royale des Arts,

Par Commission, Prés. Daege.   J. G. Maas, insp. gén.

(Le texte allemand a été imprimé dans la Vossiche Zeitung, à Berlin, le 25 Mars 1863).

5° Lettre du gouvernement prussien en réponse à la lettre de M. l'abbé Nicolle à Sa Majesté le roi de Prusse, en date du 11 septembre 1862, et commençant par ces mots : « Sire, sans avoir attendu la réponse que le mandataire de Votre Majesté doit me transmettre, j'ai l'honneur de lui proposer un nouvel arrangement. »

AMBASSADE DE PRUSSE EN FRANCE

Paris, le 12 Octobre 1862

Monsieur l'abbé,

« En réponse a la lettre que vous avez bien voulu adresser le 11 septembre dernier, au Roi, mon auguste maître, au sujet du chef-d'œuvre de Raphaël, représentant « la Mort de saint Joseph, » je viens d'être chargé et j'ai l'honneur de vous faire connaître, que vu le prix très-élevé qu'on demande pour ce tableau, Sa Majesté n'a pas daigné en agréer l'acquisition.

« En vous abandonnant, M. l'abbé, d'en disposer autrement, je profite de cette occasion pour vous réitérer l'assurance de ma considération la plus distinguée. »

Le chargé d'affaires de Prusse, Prince de REUSS,

A Monsieur l'abbé NICOLLE,
Secrétaire de S. Em. le Cardinal di Piétro. Paris.

6° Seconde lettre du Gouvernement prussien.

AMBASSADE DE PRUSSE EN FRANCE

Paris, le 19 Octobre 1862

Monsieur l'abbé,

« Par votre lettre du 19 août dernier, vous avez de nouveau proposé à sa Majesté le roi, mon auguste maître, l'acquisition du chef-d'œuvre de Raphaël « *la Mort de saint Joseph.* » Je m'empresse de vous informer que Sa Majesté, ayant refusé de prime abord l'achat de cet ouvrage, n'a pas modifié ses intentions à cet égard. »

« Recevez, Monsieur, l'assurance de ma parfaite considération,

L'Ambassadeur de Prusse, GOLTZ

A Monsieur l'Abbé NICOLLE, à Coutances.

7o Affiche placardée pendant trois mois sur tous les murs de Rome et revêtue des timbres et du contrôle extraordinaire du Ministère des beaux-arts et du commerce, qui ne les appose, comme on le sait, qu'après vérification de pièces.

(Traduction de l'italien.)

« Le dernier chef-d'œuvre de Raphaël : *la Mort de saint Joseph*, signé : IL Raphaël Sanzio A 1520, déclaré authentique par l'Académie royale des arts de Berlin et visité par toutes les autorités artistiques de l'Europe, et même par plusieurs souverains, est toujours exposé, pour le public romain, rue des Quatre-Fontaines, palais Pampili, 109, dernier étage, depuis 9 heures du matin jusqu'à midi, et de 4 heures à 7 heures du soir. »

Rome, 29 Avril 1863.

8° Déclaration de l'héritier Lega, relative à l'histoire du tableau, imprimée dans *la Patrie* du 24 juillet 1863 :

« Voici les renseignements que je puis donner relativement au tableau de *la Mort de saint Joseph*, qui fut vendu à la vente de meubles de mon oncle, Jean Tomasucci, le 2 mai 1862 :

« Quand mon grand'père, Joseph Tomasucci, fut sur le point de . marier, le cardinal Vincenti, en 1828, lui fit présent de ce tableau et d'un autre représentant Persée qui présente à Minerve la tête de Méduse. Ces tableaux étaient dans la galerie du susdit cardinal. Je sais aussi et je puis attester que ce cardinal était descendant du cousin germain du cardinal Bibbiena, qui vivait sous Léon X, et duquel le cardinal Vincenti tenait (par descendance) ces deux tableaux. »

D'après cette déclaration, le cardinal Bibbiena a été le premier possesseur du tableau de *la Mort de saint Joseph*, qui est resté dans la famille Bibbiena jusqu'en 1828, époque où le cardinal Vincenti l'a donné à son intendant Joseph Tomasucci. Ce dernier l'a légué à son fils Benedetto Tomasucci, et celui-ci à Jean Tomasucci, mort le 9 avril de l'an 1862.

9° Nous ajouterons que ce tableau, exposé à Paris pendant quatre mois, galerie Colbert et boulevard des Italiens, 12 ; à

Bruxelles, dans la *grande salle* du Cercle artistique et littéraire ; à Berlin, Hôtel de Rome ; à Dresde, Hôtel de Saxe ; à Turin, Hôtel de la Grande-Bretagne et de la Bonne-Femme ; à Florence, Hôtel de la Pension anglaise ; à Bologne, Hôtel Saint-Marc ; à Londres, dans les salles de Willis's rooms ; à Rome, palais Ponpili ; a été visité et sanctionné dans toutes ces capitales par presque toutes les sommités artistiques et civiles de l'Europe.

(Voir le registre d'autographes de l'abbé Nicolle.)

10° Enfin, ce chef-d'œuvre estimé 600,000 fr. à Londres, a été adjugé, le 11 février 1863, sans que cette vente ait pu produire son effet, par l'agent anglais Robert Tidmann, après d'éminentes offres sur le prix d'estimation, pour la somme de 1,000,000 de fr.

(*Morning-Post* du 13 fév. 1863.)

Les documents authentiques seront exposés à côté des tableaux.

II — Sacré Cœur de Jésus

Peinture à l'huile sur toile, avec pâte rouge préparatoire rentoilée ; 62 cent. de haut sur 48 de large, sans aucune restauration et d'une conservation parfaite. — même châssis que celui de *la Mort de saint Joseph.* — Composition déclarée inédite, le 11 février, par l'Administration romaine des beaux-arts.

Le Christ, dont la tête est légèrement inclinée vers la droite, jette un regard ardent et profond au spectateur, et, en écartant de la main droite sa robe pourpre, lui montre avec l'index de la main gauche, le cœur mystique et enflammé entouré de la couronne d'épines, symbole de son amour pour l'homme. Des six anges qui rayonnent à l'intérieur du médaillon, les deux supérieurs semblent plongés dans une extase d'amour divin ; le troisième, immédiatement inférieur, à droite, regarde un pan de linge suspendu au sommet du médaillon et portant la couronne d'épines avec l'effigie des PP. Jésuites. Les trois autres contemplent le visage du Christ avec une admiration mêlée d'amour.

Dans l'intérieur du cercle, on lit ces quatre inscriptions, dont trois sont tirées de l'Évangile et la dernière des Epîtres de saint Paul : *Sic Deus delexit mundum ; — Ignem veni mittere, venite ad me omnes ; — Caritas Christi urget nos*; inscriptions dont l'artiste s'est inspiré pour donner à la figure du Christ cette expression de douceur et d'attrait ineffable, et ce caractère d'idéalité qui laissent loin derrière lui le Christ tant vanté et tant admiré de *la Cène* de Léonard de Vinci. Outre que la toile grossière, qui est un vrai canevas, et la forme des lettres de ces quatre inscriptions, prouvent que ce tableau est du xve siècle , il est facile de se convaincre, en prenant un autographe quelconque de Raphaël (par exemple, celui qui est à la Bibliothèque impériale, dont le *fac simile* est reproduit dans Charles Blanc et dans M. de Passavant, t. I) qu'elles ont été écrites par ce grand maître ; ce que confirment d'ailleurs invinciblement le coloris et le dessin magique de ce buste qui semble sortir du tableau et de toutes les parties qui le composent : la grace de l'attitude et l'expression vivante de la tête, le raccourci des deux bras si bien indiqué et si bien détaché, le coloris et l'anatomie savante des mains, la simplicité et la noblesse des draperies ; enfin le dessin et le coloris magistral du pan de linge pui paraît vraiment si naturel, qu'il rappelle, par l'effet qu'il produit, le rideau de Xeucis.

En comparant cette composition au tableau de *la Mort de saint Joseph*, on retrouve, dans la tête du Christ, la position inclinée de la tête de la Vierge , les deux pans de manteau qui descendent le long des épaules , le regard et le type de figure qui montrent la mère et le fils, dans les mains, le travail, le coloris et l'anatomie de la main du Christ, ainsi que les teintes identiques des chairs, le rouge et le bleu de la robe et du manteau des deux Christ. Le fond obscur est également le même ; le blanc du linge surtout fait voir la même main qui a peint les draps du lit de saint Joseph.

N. B. On a laissé derrière la toile un papier qu'on y a trouvé attaché. Ce papier porte, en italien et en langue syriaque, langue, comme on le sait, que parlait le Christ, les trois inscriptions évangéliques et celle qui est tirée de saint Paul. Plusieurs experts pensent que ce papier et cette écriture datent de l'époque du rentoilage du tableau.

III — Portrait de la Fornarina

EN DIANE CHASSERESSE

Cette miniature à l'huile, sur cuivre, déclarée inédite par l'Administration romaine des beaux-arts, le 11 février 1863, et dans laquelle il est difficile même à la loupe de voir le coup de pinceau, tant le travail est léché et délicat, mesure : 22 cent. de haut sur 17 de large.

Dans ce portrait, nous avons enfin le vrai type, le type frappant de la femme qui a posé pour les madones de Raphaël, telles que la Sixtine, la Seggiola, la Madone de *la Mort de saint Joseph*, etc...; c'est-à-dire la vraie Fornarina, cette fille du peuple qui mérita, par sa beauté et la distinction de ses formes, d'illustrer le pinçeau du divin jeune homme et d'être illustrée par lui.

La déesse est tournée à droite et vue de trois quarts. Elle vient de s'asseoir au pied d'un arbre qui s'entrecroise avec un second dans la perspective. On dirait deux sapins ou parasols de la villa Pamphili avec une échappée de vue de la campagne romaine. Sa chevelure, surmontée d'un croissant et ornée, à droite, de quatre rangées de perles précieuses, est séparée sur le front et ramenée derrière les oreilles; puis elle tombe négligemment par derrière ; sous le souffle du vent, une mêche de cheveux égarée vient serpenter avec grâce sur sa poitrine. Un regard brûlant jaillit de ses yeux noirs ; ses lèvres roses sont animées d'un gracieux sourire et son teint est pâle. Elle porte, suspendu à son dos, un léger et gracieux carquois retenu au moyen d'un ruban bleu. De la main droite elle caresse son chien qui paraît fier de cette faveur et attendre avec impatience les ordres de la déesse ; de l'autre main, elle soutient son arc en retenant, du bout des doigts, son manteau jaune. Dans la perspective, on aperçoit un donjon et un clocher d'église pour indiquer que ce n'est pas un sujet purement mythologique, mais bien un portrait.

A droite, au dessous du feuillage, on aperçoit l'empreinte de la signature de Raphaël dans le monogramme RA entrelacés (Voir le sixième monogramme de ce maître dans le Dictionnaire de Siret); puis, à la suite, sur la même ligne, les lettres So, abréviation de Sanzio. Au-dessous, la date 1517 ; puis enfin immédiatement au-dessous, deux lignes de lettres dont on ne voit plus que l'empreinte et dans la première desquelles on distingue celles-ci, M a r g ; plus difficilement on lit, en dessous, ces autres lettres , A r i t a.

A ce propos, nous citons ce passage de M. Passavant, tome I, page 182, édit. Reynouard : « Quelle fut cette jeune « fille qu'aima Raphaël? Tout ce qu'on peut dire avec quel- « que certitude, c'est qu'elle se nommait Margarita ; car elle « est désignée sous ce nom dans une note manuscrite du « XVIe siècle, en marge d'une édition de Vasari, de 1568, qui « appartient à l'avocat Giuseppe Vannutelli, à Rome. Cette « note se trouve près du passage où il est question de Ba- « viera, qui servait la maîtresse de Raphaël ; elle est ainsi « conçue : « Ritratto di Margarita donna di Raffaello ; » et « près de ces mots du texte : « Che parera viva, » le nom de « Margarita est encore une fois répété. »

Or, quel est ce portrait? Pourquoi l'annotateur de Vasari l'a-t-il mentionné en marge du passage qui concerne Baviera, la domestique de la Fornarina? Pourquoi a-t-il répété deux fois le mot *Margarita*? A-t-il voulu indiquer que ce portrait où *Margarita* semblait vivante, était aussi signé Margarita? Nous laissons aux connaisseurs le soin de comparer, de déduire et de juger.

Quoique la description donnée par M. Passavant, du portrait de la Fornarina, qui est au palais Pitti de Florence, se rapporte quant à la tête à celle de notre portrait, cet auteur paraît fort incertain lui-même sur l'authenticité de ce portrait, encore plus révoque-t-il en doute celle du portrait qui est à la galerie Barberini, à Rome.

Nous n'oserions nous prononcer avec certitude sur cette question; mais nous pouvons affirmer, sans crainte d'être démenti sérieusement, que ni l'un ni l'autre de ces deux portraits ne reproduit fidèlement le vrai type des madones de Raphaël, le type qui a dû servir à ces admirables productions de son divin pinceau. Ici, au contraire, type de figure italienne et transtéverine, régularité des traits, beauté et vie de l'expression, caractère si bien accentué de cette femme admirable, qui peut être considérée comme le miroir de toutes les passions de l'âme si bien rendues par le grand maître, perfection de la forme, contours harmonieux et si bien précisés, vérité des chairs, mouvement des draperies, magie du dessin et du coloris, exquise perfection de l'ensemble, tout nous révèle en dehors même de la signature, le vrai type des madones de Raphaël, surtout de la Sixtine, et l'excellence du pinceau du maître qui se complaît dans l'image de la femme aimée et admirée.

Il est aisé de reconnaître dans le pan de manteau qui flotte sur l'épaule droite les mêmes lignes de dessin que dans le pan de manteau qui retombe aux pieds du lit de saint Joseph; la position de tête en sens invers du portrait de Jeanne d'Aragon du Loüvre, le travail léché et le coloris des chairs de ce même portrait et de la Sixtine de Dresde; dans les blancs, ceux du lit de saint Joseph, et le jaune des deux manteaux, etc.

IV — Jésus au Jardin des Oliviers

Cette ébauche sublime sur cuivre, déclarée également *inédite* le 11 février 1863, par l'administration romaine des beaux-arts, mesure 36 cent. de haut sur 28 1/2 de large. Peinture à l'huile non restaurée.

Le Christ, vu presque de face, du moins quant à la partie supérieure du corps, est représenté à genoux, sur le mont des Oliviers, étendant les bras et levant les yeux vers le ciel, en prononçant le *Fiat voluntas tua*, au moment où un ange en pied, qui descend environné d'une lumière surnaturelle, lui présente tous les instruments de la Passion : la croix avec l'écriteau INRI, l'éponge, la lance et le fouet de la flagellation. A droite, on voit un peu plus loin les trois apôtres, Pierre, Jacques et Jean, qu'il a laissés profondément endormis. Saint Pierre est assis, appuyant la tête sur son bras gauche, et laisse pendre le bras droit sur le rocher; il n'est vu qu'à mi-corps. La tête de saint Jacques, vue de profil, est appuyée sur la main gauche. Le plus éloigné, saint Jean, est renversé en arrière, et vu presque de face; il appuie sa tête sur sa main droite. A gauche du tableau, on aperçoit la lune à demi voilée par les nuages et un horizon de collines avec des arbres.

Au bas du tableau, côté gauche du spectateur, malgré l'énorme couche de vernis qui le recouvre, on lit la signature de Raphaël dans le monogramme VR de ce peintre, 5e monogramme de ce peintre (Dict. de Siret), et au-dessous la date 1517. La photographie a parfaitement reproduit cette signature et cette date. En outre, l'écriteau de la croix portée par l'ange est de la main de Raphaël, comme on peut s'en convaincre avec le fac similé de l'autographe de la Bibliothèque impériale. (Reproduit par M. Passavant.)

Lorsqu'on compare cette ébauche au même sujet traité par Raphaël, alors qu'il se traînait encore dans le style du Pérugin (Tableau décrit par M. Passavant, tome II, nº 17, et qui se trouve en Angleterre dans le cabinet de M. Fuller-

Maitland, à Standstead.), on est saisi, en voyant la largeu r
et le grandiose du dessin de notre ébauche, la vigueur des
tons, la beauté du raccourci de l'ange, la sûreté du coup de
pinceau, l'élévation du style, surtout le magnifique contraste
entre l'expression divine de la tête du Christ, plus fort que
toutes les douleurs, et celle des trois apôtres montran t
l'homme faible et charnel limité dans sa résignation et
succombant sous le poids de l'adversité, de l'immense et ra-
pide progrès qu'a fait le talent de l'artiste qui eut le privilége
de prendre, pour ainsi dire, l'art à sa naissance pour le con-
duire à son apogée.

Indication sommaire des principaux rapports du coloris
et du dessin de cette ébauche avec les autres œuvres du
maître.

I. — Coloris. — *Christ :* rouge et bleu de la Belle jardi-
dinière, rouge du Sacré-Cœur. Carnation de la tête et des
mains du même Sacré-Cœur.— *Ange :* chair de l'enfant peint
à fresque qu'on voit sous verre à la galerie de Saint-Luc ;
blanc des draperies de la Fornarina. — *Apôtre :* Saint Pierre :
violet de la robe de la manche gauche de la Sixtine, de la
robe qui fait face au Christ dans la Cène des Loges, de la
robe de la Madone de *la Mort de saint Joseph ;* vert des
arbres, vert du mouchoir de la Seggiola.

II. — Dessin. — *Christ :* tête et raccourci du Christ de
la Transfiguration, de la Madone de douleur et de l'Apollon
du Louvre. Main gauche, même main du Créateur, 4ᵉ scène
des Loges. Tunique, partie supérieure de la tunique du
Christ de la Cène des Loges. Pied gauche et draperie du
Christ aux Oliviers, cité plus haut, et du troisième mage à
genoux dans la fresque des Loges, scène 50ᵉ.

Ange : ailes et tête de l'ange supérieur suspendu au-dessus
du Bambino, dans la fresque de la crèche des Loges,
scène 49ᵉ. Bras gauche correspondant au bras droit du même
ange ; même raccourci de la jambe et du pied que celui de

l'enfant Jésus dans cette même fresque. Agrafes des draperies, même agrafe que celle de la draperie du bras gauche de la Fornarina et d'un des anges en pied dans la fresque du baptême du Christ, 51ᵉ scène des Loges.

Apôtres : Saint Pierre, tête de saint Pierre sur la montagne dans la Transfiguration, tête de saint Jacques la même que celle du même apôtre dans. le Christ aux Oliviers cité plus haut, etc.

V — La Madone de Douleur

Peinture à l'huile sur cuivre, mesurant 20 cent. de haut sur 14 de large.

Œuvre déclarée antique *inédite* le 11 février, par l'Administration romaine des Beaux-Arts. (Voir l'acte.)

La madone assise contre un rocher, le bras droit appuyé sur un piédestal, soutient sa tête et lève les yeux vers le ciel, en écartant son voile comme pour donner un plus libre cours à ses larmes : de sa main gauche elle tient sur ses genoux la couronne d'épines teinte encore du sang de son fils. Deux petites têtes d'anges la contemplent dans cette attitude avec une expression, l'un de compassion, l'autre d'admiration.

En examinant attentivement vers le centre du piédestal, malgré une couche de matière jaunâtre qui recouvre le tableau, on distingue très-bien la signature Urbinas Raphaël dans le monogramme VR (Voir le 5ᵉ monogramme, dict. de Siret). La main droite de la Vierge, d'une exécution si difficile, est admirable; mais ce qui l'est plus encore, c'est l'expression de douleur aussi simple que sublime de la Madone. Le raccourci de sa tête est le même que celui de la tête du mourant dans la mort de saint Joseph. Mais ce qui frappe le plus dans le superbe coloris de ce tableau, c'est l'idendité des trois couleurs des vêtements des deux madones : le bleu des deux manteaux, le jaune des voiles et le violet des deux robes sans couture.

Nous retrouvons le type de l'ange supérieur et sa coloration, toutefois avec une autre expression, dans l'ange intermédiaire des anges de *la Mort de saint Joseph*, comme aussi le type et le profil du second, dans celui qui, à la droite du spectateur, contemple le Christ du Sacré-Cœur; dans la couronne d'épines, le même travail que dans les deux couronnes du Sacré-Cœur.

VI — Capucin méditant

Il est à la fenêtre du cloître de son couvent qui donne sur la mer, illuminée par la clarté de la lune.

Sur toile, mesurant 25 cent. de haut sur 22 de large. (École italienne.

Ce tableau de genre, assurément d'un grand maître, comme le prouvent la perfection de tous les détails, le dessin magistral de l'architecture et la beauté du coloris, présente trois effets de lumière admirables : la lumière de la lune qui éclaire la surface des eaux; la lumière de la lampe à l'intérieur du cloître et le reflet de l'une et de l'autre. Le capucin assis sur une chaise et accoudé sur la fenêtre est plongé dans une profonde méditation, que semblent favoriser l'immensité qui se développe sous ses yeux et le calme de la nuit. La mer ne peut être mieux rendue et la perspective mieux indiquée que dans ce chef-d'œuvre. Le dessin du moine est aussi d'une excellente exécution.

VII — Paysage représentant un couvent de Capucins et une Fontaine.

Sur toile, mesurant 72 cent. de large sur 56 de haut.

Quelque soient les imperfections de ce tableau, les tons chauds qui y règnent, l'habile distribution de la lumière, le naturel des arbres et du feuillage, qu'on pourrait aisément nommer, l'eau qui coule avec tant de vérité de la fontaine, et le dessin magistral des ruines annoncent encore la main d'un maître de l'école italienne.

La forme du châssis est la même que celle du précédent.

Renou et Maulde, imprimeurs de la Compagnie des Commissaires-Priseurs, rue de Rivoli, 144.   28489